Esau und Jakob

AF178423

In dem Bilderbuch »Abraham« wurde erzählt:
Gott verspricht Abraham:
Deine Kinder werden so zahlreich sein
wie die Sterne.
Zuletzt bekommt Abraham einen Sohn,
den Isaak.
Jetzt hören wir von den Söhnen Isaaks,
den Brüdern Esau und Jakob.

Reihe: Was uns die Bibel erzählt

Hier steht Isaak mit seiner Frau Rebekka.
Sie haben zwei Söhne.
Der ältere heißt Esau.
An den Armen hat er raue Haare,
sie fühlen sich an wie ein Fell.
Der jüngere Sohn heißt Jakob.

Esau wird ein Jäger.
Er bringt das erlegte Wild nach Hause.

Sein Vater Isaak isst gerne gebratenes Wild.
Esau ist sein Liebling.

Jakob bleibt lieber bei den Schafen.
Er ist der Liebling seiner Mutter Rebekka.

Bevor die Kinder geboren wurden,
hat Gott zu Rebekka gesagt:
Der jüngere Sohn wird der Herr,
der ältere Sohn wird sein Knecht.

Isaak ist alt und blind.
Er ruft Esau und sagt:
Ich will dich segnen, bevor ich sterbe.
Jage mir ein Wild
und mache mir einen leckeren Braten.

Rebekka hat das gehört.
Sie ruft Jakob und sagt:
Du musst den Segen bekommen!
Bring deinem Vater das gebratene
Ziegenböckchen.

Sie wickelt Felle um seine Arme.
Er soll sich anfühlen wie sein Bruder Esau.

Isaak kann Jakob nicht sehen.
Er fragt: Wer ist da?
Jakob sagt: Ich bin dein Sohn Esau.

Isaak betastet Jakobs Hände. Er sagt:
Die Stimme ist von Jakob,
aber die Hände sind von Esau.

Isaak hat den leckeren Braten gegessen.
Er legt die Hände auf Jakob.
Er sagt:
Du sollst gesegnet sein.
Dir soll gehören,
was Gott meinem Vater Abraham
versprochen hat.
Gott schenke dir Korn und Wein in Fülle.
Du sollst der Herr sein,
dein Bruder soll dein Knecht sein.

Schnell geht Jakob weg.
Schon kommt Esau mit dem gebratenen Wild.
Er sagt: Vater, segne mich.

Isaak erkennt die Stimme. Er sagt:
O weh, du bist Esau!
Und der andere war dein Bruder Jakob.
Ich habe ihn gesegnet.

Esau schreit zornig:
Das soll er mir büßen.

Rebekka sagt zu Jakob:
Bring dich in Sicherheit.
Geh zu meinen Verwandten.

Der Weg ist weit.
Viele Wochen muss Jakob wandern.
In der ersten Nacht schläft er im Freien.
Er hat einen Traum:
Das Himmelstor ist offen.
Eine Treppe geht vom Himmel bis auf die Erde.
Engel kommen auf der Treppe
zur Erde herunter und steigen wieder
zum Himmel hinauf.
Ganz oben auf der Treppe steht Gott.
Er sagt zu Jakob:

Ich bin der Gott deines Vaters Isaak
und deines Großvaters Abraham.
Ich gehe mit dir.
Ich bringe dich wieder zurück.
Ich segne dich
und mache aus dir ein großes Volk.

Jakob erwacht. Er ruft:
Hier wohnt Gott. Hier ist das Himmelstor.

Jakob wandert weiter. Er hat keine Angst mehr.
Er weiß: Gott hilft mir. Gott geht mit.

Die Geschichte der Zwillingsbrüder Esau und Jakob ist rätselhaft und anstößig. Da hintergeht der jüngere Sohn auf Anstiften der Mutter den alten, erblindeten Vater und erschleicht den Segen, der dem Erstgeborenen zusteht. Er muss es büßen durch jahrzehntelange Verbannung in die Fremde; aber er bleibt der Gesegnete. Der Betrug erscheint auch noch gerechtfertigt, weil durch ihn die Zusage in Erfüllung geht, die Gott der Mutter schon vor der Geburt der beiden gegeben hat: »Der Ältere wird dem Jüngeren dienen« (1.Mose/Genesis 25,23).

Es gibt Züge im Bild Esaus, die (im Bilderbuch nicht dargestellt) seine Zurücksetzung in gewisser Weise verständlich machen. Er heiratet heidnische Frauen und er achtet sein Erstgeburtsrecht so gering, dass er es, in einer augenblicklichen Anwandlung, für ein Linsengericht seinem Bruder Jakob verkauft (1.Mose/Genesis 25,29-34). Aber auch Jakob ist kein Heiliger. Er ist durchtrieben und ist mit allen Mitteln auf seinen Vorteil bedacht.

Menschlich gesehen gibt es keine Erklärung dafür, dass Jakob bevorzugt wird. Die Geschichte der Zwillingsbrüder ist ein Musterbeispiel dafür, dass Gottes Entscheidungen frei und unerforschlich sind. (So sieht es der Apostel Paulus im Römerbrief, Kapitel 9, Vers 10-13.) Man kann an ihr lernen Gott nicht mit unseren menschlichen – auch moralischen – Maßstäben zu messen. Was uns als »Schicksal« widerfährt, ist nicht nach dem Schema von Lohn und Strafe zu verrechnen. Es ist eher die Aufforderung, etwas daraus zu machen, daran zu wachsen und zu reifen. Die angemessene Frage ist nicht: Warum?, sondern: Wozu?

Kinder haben ein ausgesprochenes Gerechtigkeitsgefühl. Sie werden es nicht leicht haben, sich mit dieser Geschichte abzufinden. Natürlich geht es im

Leben nicht immer gerecht zu; aber wenigstens Gott sollte eine unverrückbare moralische Instanz sein. Kommt sonst nicht alles ins Wanken?

Man wird hier auf eine Unterscheidung hinweisen müssen: Es heißt in der Geschichte nicht, dass Esau von Gott »verworfen« (verdammt) ist. Auch er bekommt einen Segen, was wiederum im Bilderbuch nicht dargestellt ist; aber er kann eben nicht der Erste sein. Das ist eine Situation, mit der sich gerade Kinder (unter Geschwistern, in der Schule) auseinander setzen müssen.

Noch ein Wort zum »Segen«. Uns ist die Vorstellung fremd geworden, dass ein Mensch Worte ausspricht, die als bloßer Wunsch eine Wirklichkeit, eine wirkende Macht sind. Wir müssen uns sagen lassen, dass das in alten Zeiten – nicht nur in der Bibel – anders war. Etwas davon kann man auch heute noch bei starken Persönlichkeiten erleben. Wir sollten aber auch darüber nachdenken, ob nicht unsere eigenen, vielleicht achtlos hingesprochenen Worte oft eine Wirkung haben, mit der wir gar nicht rechnen. Wer dauernd mäkelt, vergiftet seine Umwelt. Paulus sagt dazu: »Lasst kein faules Geschwätz aus eurem Mund gehen, sondern redet, was gut ist, was erbaut und was notwendig ist, damit es Segen bringe denen, die es hören« (Epheser 4,29).

Die Geschichte von Esau und Jakob findet sich im 1.Buch Mose (Genesis) von Kapitel 25, Vers 19, bis Kapitel 33.

Reihe: »Was uns die Bibel erzählt«

Die Bilderbücher dieser Reihe gibt es zum Teil auch in größerem Format mit festem Einband. Im kleinen Format wie das vorliegende Bilderbuch sind folgende Geschichten erschienen: